KB093583

큰소리 빵빵

푸른사상 동시선 15

큰소리 뻥뻥

인쇄 · 2014년 5월 8일 | 발행 · 2014년 5월 15일

지은이 · 한혜영
펴낸이 · 한봉숙
펴낸곳 · 푸른사상
주간 · 맹문재 | 편집 · 서주연 | 교정 · 김소영

등록 · 1999년 7월 8일 제2-2876호
주소 · 서울시 중구 충무로 29(초동) 아시아미디어타워 502호
대표전화 · 02) 2268-8706(7) | 팩시밀리 · 02) 2268-8708
이메일 · prun21c@hanmail.net / prunsasang@naver.com
홈페이지 · http://www.prun21c.com

ISBN 979-11-308-0200-8 04810
ISBN 978-89-5640-859-0 04810 (세트)

값 9,900원

이 도서의 국립중앙도서관 출판시도서목록(CIP)은 서지정보유통지원시스템 홈페이지(http://seoji.nl.go.kr)와 국가자료공동목록시스템(http://www.nl.go.kr/kolisnet)에서 이용하실 수 있습니다. (CIP제어번호 : CIP2014014666)

푸른사상
동시선
15

큰소리 뻥뻥

한혜영 동시집

이윤지(곡란초 2학년)

푸른사상
PRUNSASANG

| 시인의 말 |

동시는
내 안의 아이가 짓는 것이다.
그가 본 것과
들은 것을 들려줄 때
나는 그 아이와 눈높이를 맞추려고
애를 쓸 뿐이다.
하지만 난감할 때가 있다.
그 아이의 목소리라고 믿었던 것이
어른 목소리로 흘러나왔을 때!

부디
내가 나를 속이는 일이 없기를
내 안의 아이가
오래도록 건강하기를 바라면서
두 번째 동시집을 세상에 내놓는다.

2014년 봄
한혜영

| 차례 |

제1부

제2부

| 차례 |

제3부

제4부

미꾸라지, 메기 아저씨 수염이 얼마나 근사한지

제1부

벌레야 놀자

녹두 알갱이에 구멍이
뽕!
뚫려 있다.

문짝도 달지 못한
가난한 벌레의 집

착한 벌레가 살 거야
동글동글 똥을 누고
꼬물꼬물 잠을 자는

벌레의 단칸방을
기웃기웃해보다가

문득
소리쳐 부르고 싶어진다.

벌레야 놀자!

큰소리 뻥뻥

바윗돌에 공룡 발자국이 선명하다.

포르르 내려온 참새가
제 조그만 발을 견주어보며
큰소리 짹짹! 친다.

"우리 아빠의, 아빠의
아빠 발이 이렇게 컸단 말이지!"

공룡 발자국이
제 조상의 것이라고
큰소리 뻥뻥! 치고 있다.

청개구리 아파트

무궁화 이파리에서
옥잠화 이파리로 폴짝!
청개구리가 이사를 간다.

눈 깜짝할 사이
20평에서 60평으로 늘려서 간다.

청개구리는 좋겠다.
이파리마다 푸르고 환한 방이라서.

맘대로 바꿔 살아도
전셋돈 올려달라는 주인도 없고.

김단아 (곡란초 6학년)

옷타령

빨간 바탕에 검정 땡땡이
무당벌레는 옷도 예쁜데
내 원피스는 이게 뭐야
우중충한 회색 빛깔에……

검정말벌이
붕붕! 불평을 하고 있다.

그래도 네 옷엔 날개라도 달렸잖아
나는 이 꼴이 뭐야
집인지 갑옷인지
무겁고 답답하고……

집달팽이 투덜,
투덜거리며 기어가고 있다.

참새와 바람

전깃줄에 참새들이 쪼르르 앉았어요.

바람이 달려와 숫자를 세요
하나, 둘, 셋……
참새들 폴폴 날아요.

"어디까지 세었더라?"
바람은 처음부터 다시 셉니다.

참새들 또다시 폴폴 날아요.
"가만히 좀 있으라니까!"
바람은 성질을 발끈 냅니다.

전깃줄을 흔든 게 저였으면서.

거북이

날마다 책가방만 메고 다녔지
공부하는 거라고는 본 적이 없습니다.

보나마나 거북이는
용궁학교서 꼴찌!

김재민 (태을초 3학년)

감나무 복싱도장

동장군은 확실히 주먹이 세다.

감나무 복싱도장
수련생들 단체로 대들었지만
다 나가떨어지고
주먹 두 개가 간신히 버티는 중이다.

해마다 도전하지만
아마추어로는 버거운 상대
동장군은 노련한 프로가 틀림이 없다.

짝

바람이 불 때마다
장미가 칸나를 콕콕 찌른다.
칸나는 깜짝깜짝! 놀라며
비명을 질러대고,
나는 선인장처럼 사나운
내 짝을 생각한다.

선인장 옆에
나를 앉힌 선생님도 그렇지만
장미 옆에 칸나를 심은
엄마는 해도 너무했다.
꽃은 도망도 못 가는데.

감

새파란 주먹을
단단하게 움켜쥐고서
깝죽깝죽
여름내 잽 넣는 연습이더니

대회가 있나?

오늘 보니 모두가
빨간 글러브를 끼고 있다.

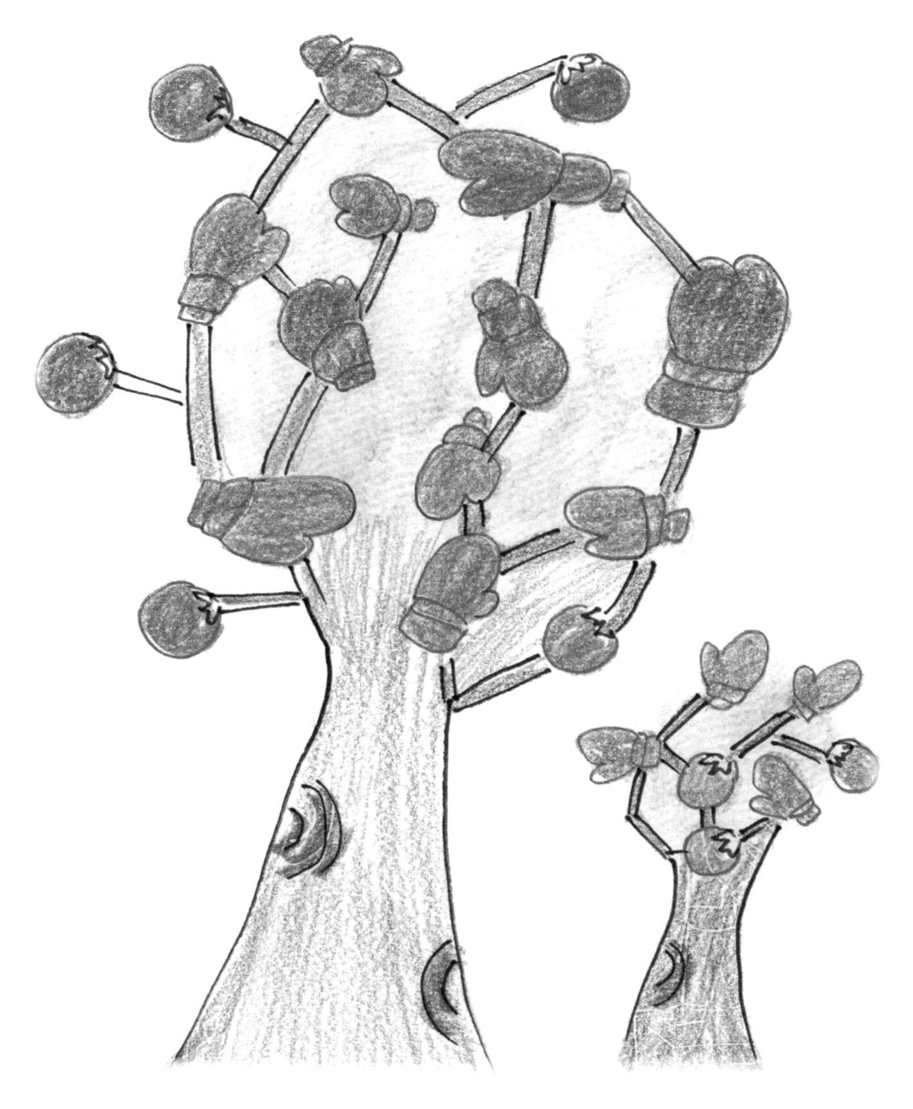

신우진 (산본초 2학년)

아하, 그래서 조용했구나

배롱나무에 찰싹 붙어서
악을, 악을 써대던
매미가 가버린 것을 이제야 알았어요.

기어이 빛을 받아낸 모양입니다.

백합마을 꿀 도둑

잠자리 형사
부리부리한 눈을 끔뻑거려요.

꿀단지 앞에서 대문까지
살살 달아난 요것은 일개미고
운동화 질질 끌고서 달아난
요것은 일벌이고

왕눈이 형사
꽃술 노랗게 묻어 있는
발자국을 좇으며 눈알을 굴립니다.

김현우 (문원초 3학년)

거울

강물이 일 년에 한 번은 반들반들하게 어는 것은
붕어, 피라미, 버들치, 잉어, 송사리, 가물치, 숭어, 송어, 은어, 빙어, 농어, 연어, 쏘가리, 배가사리, 꺽지, 가시고시, 꾹저구, 미꾸라지, 뱀장어, 메기들에게 거울을 보여주려는 거다.
레이스 살랑거리는 물고기 아가씨들 원피스가 얼마나 예쁜지
미꾸라지, 메기 아저씨 수염이 얼마나 근사한지.

송서인 (문원초 3학년)

누구 맘대로?

'돌고래' 라는 이름을 가진 고래는 없다고,
고래 엄마가 말해주었어요.

귀여운 고래, 순한 고래, 예쁜 고래, 영리한 고래, 잘생긴 고래, 점프 잘하는 고래, 헤엄 잘 치는 고래, 노래 잘 부르는 고래, 멋지게 춤추는 고래, 재롱 잘 피우는 고래, 똘똘한 고래, 착한 고래 그리고…… 말 잘 듣는 고래가 있을 뿐이라고

물속으로 가라앉은 고래는 한 마리도 없지 않느냐고
누구 맘대로 돌, 돌, 돌, 돌고래냐고!

서유진 (문원초 4학년)

하늘에 있다고 다 별은 아니지

제2부

밤새 바람 불고

바람의
목구멍을 들여다보면

퉁퉁 붓고
빨개졌을 거다.

너덜너덜해졌을 거다.

밤새도록 고래고래
소리를 질러댔으니.

소문

개미들이 쏙닥거리면서
소문 속으로 들어갔어요.

개미를 쫓아
두더지가 들어가고
두더지를 쫓아
너구리가 들어갔습니다.
멧돼지가 그 뒤를 쫓았고요.
다음은
반달곰이 따라갔어요.

하루 이틀 소문이 커지더니
사흘 뒤에는
코끼리까지 그 안으로 들어갔습니다.

한혜원 (과천초 6학년)

악어 우는 밤

악어 눈은
엉큼하게도 생겨 먹었지.
이빨은 사납게도 생겨 먹었지.

그런데도 못 이기는 게
딱, 하나 있어.

외로운 거!

그래서 한밤중이면
악어는 꺽꺽 우는 거야.

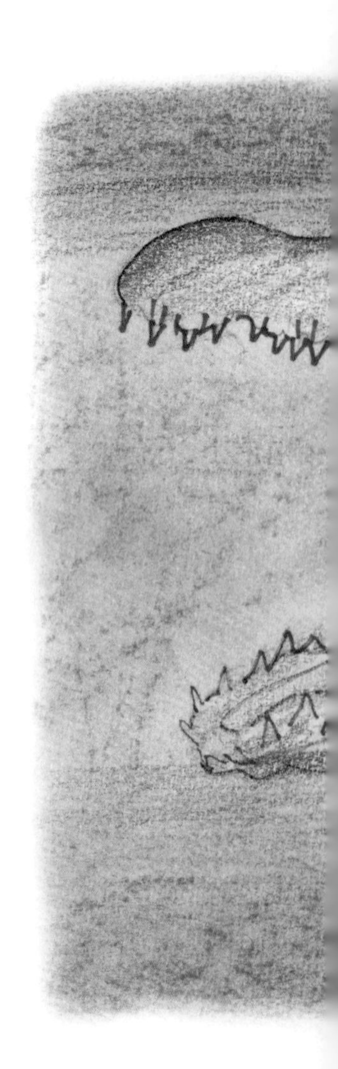

유재곤 (과천초 5학년)

어깨를 걸어요

강이 살아 있는 것은
물들이 어깨를 걸고
출렁거리기 때문이래.
논물, 산물, 시냇물……
본래 이름은 다 버리고
강물이 되었기 때문이래.

백로와 미루나무

"벌써 간다고? 나는 여기서
십칠만 오천이백사십팔 시간이나 버텼는데
너처럼 한 다리로"

미루나무가 붙잡지만
백로는 퍼들퍼들 날아가요.
미루나무 덩달아 푸다닥거리지만
깃털 몇 장만
팔랑거리며 떨어져요.

십칠만 오천이백사십팔 시간이나
함께 살았던 흙덩어리가
미루나무 다리를 꽉 붙잡고
놔주질 않는 거예요.

휴대전화

새들은 휴대전화
한 대씩 갖고 있지.
짝꿍 부를 때면
어디서나 걸 수 있는
통화를 마친 새들은
지름길로 휠휠 오지.

삐룩삐룩 여보세요!
뾰로로롱 사랑해요!
우리 동네 아침 시간
혼선되는 새소리들
그래도 끼리끼리는
잘도 통화하네.

김다윤 (문원초 4학년)

빨래하는 바다

비누 거품이 하루 종일 밀려옵니다.

수평선 저 너머로 가서 보면

파랗게 빛나는 빨래들이

한 줄 가득하게 널려서 펄럭일 것입니다.

윤태연 (곡란초 3학년)

아기 게

아기 게
혼자서 놀고 있어요.

코딱지만 한
등딱지 꼭꼭 뒤집어쓰고
모래밭에서 돌돌거려요.

엄마는 언제 오시나?
해도 지는데……

두 눈을 쏙 내놓고
두리번대다간 돌돌거리고
돌돌거리다간
두리번대고.

조규린 (태을초 3학년)

운동화 케이블카

손님이 없어 지루하던
전깃줄 운동화 케이블카로
바람이 단체손님을 데리고 와요.

눈망울이 초롱초롱한
빗방울 아이들이 깔깔거리며
케이블카로 뛰어들어요.

봄비 손님, 공짜 손님
그래도 태운 게 어디냐며
케이블카는 흔들흔들
끄덕거리며 신이 났습니다.

가짜 별

하늘에 있다고 다 별은 아니지.

부슬부슬 밤비 오는 날
고양이 눈 초롱초롱 뜨고
별인 척하는 인공위성도 있으니까.

가짜 별은 사람 사이에도 있어

하늘도 보이지 않는 슬픔에
친구가 빠졌는데도
아랑곳하지 않고
반짝반짝!
혼자서만 빛나는.

각각 다른 비

꽃잎 위로 솔솔
뿌려지는 비가 설탕이라면
투덕투덕
장독 뚜껑을 두들기는 비는
할머니 잔소리지.
오다가 말다가 하는 장맛비는
꼬맹이 떼쓸 때 우는 소리이고
모여, 모여
홈통을 타고 내리는 빗소리는
시위대의 구호 소리이지.
바닥에 납작 붙어서
숨을 죽이던 흙먼지 일깨워
콸콸! 흐르는 홍수는 혁명이고.

현주윤 (광정초 3학년)

알 품는 새

알 품는 새의 눈은
네 개가 되었다가
여덟 개가 되기도 하지.

알 때문에 밥도 굶고
사방팔방을 쉴 틈 없이
살펴야 하는 새는
함부로 건들지 말아야 해.

이나경 (곡란초 4학년)

바퀴벌레

맨 처음
바퀴벌레랑 마주쳤던 인류는
여자였을 거야.
우리 엄마나 누나처럼
소리부터 꺅!
질러댔을 겁쟁이였을 거야.
'덩치만 컸지 인간도 별 거 아니네'
바퀴벌레는 이때부터
겁쟁이랑
한 부엌을 썼을 거야.
우리 아빠나 삼촌처럼
용감한 남자를 먼저 봤으면
인간하고 한집에서 살 생각은
감히 못했을 텐데.

조민국 (청계초 4학년)

고양이 사진이 야옹, 야옹 붙어 있다

제3부

이슬방울들

동글동글, 가만가만
풀잎 위를 구르는 것이 이슬이라면
햇살 막 퍼지는 이른 아침에
엘리베이터 타고 내려와서는
재잘재잘
아파트 광장을 질러 학교로 가는
저 아이들도 말간 이슬이겠다.

정수현 (곡란초 3학년)

반가운 뉴스

글쎄요, 보기는 봤는데
내 눈이 워낙 시원찮아서……

사건이 날 때마다
말꼬리를 늘이던
감시카메라 눈이 한층 밝아졌답니다.

안경 도수를 확 올려줬더니
나쁜 짓 하는 사람들 얼굴을
똑똑하게 알아보기 시작했대요.

바람과 깃발

바람은 깃발을 좋아한다.

살짝만 건드려도 신경질
파르릉 부리는 것이 재미있어서
미~롱, 매~롱
약올리는 게 재미있어서

바람이 어디로 간 날이다.
깃발은 도무지 재미가 없다.
손가락 하나 까딱하기 싫어
하루 종일 축 늘어져 있다.

민우가 결석하던 날
소라도 그랬다.

주차장에서

궁둥이 나란히 하고
주인 기다리는 차들을 보면
말을 잘 듣는 개들처럼 보입니다.
땡볕서 꾸벅꾸벅 졸다가도
가자! 주인의 한마디면
콧소리 부르릉 내면서 달려가는
녀석들은 종류도 다양하지요.
불도그, 진돗개, 삽살개처럼
이름도 생김새도 각각인
녀석들 사이를 걸어가다가,
현대, 기아 만나면
나는 화들짝 밝아져서
엉덩이를 툭툭 두들깁니다.
-너는 어쩌다가 미국까지 왔니?
그러면 꼬리 흔드는 소리가
투덕투덕, 나는 것만 같습니다.

가로등

저물녘 공원에 갔습니다.

때마침
가로등이 툭툭 피었습니다.

밤새 피었다가
아침에 지는
하얀 달맞이꽃.

동윤수 (문원초 2학년)

풍경 소리

누가 나를
처마 끝에다 매단 거야!

바람은 서커스 단장처럼
쉴 새 없이
그네를 타라 하고
번지점프를 뛰라 하고

아아악!
무서워 지르는 비명인데
내 소리가
좋다는 사람은 도대체 뭐야?

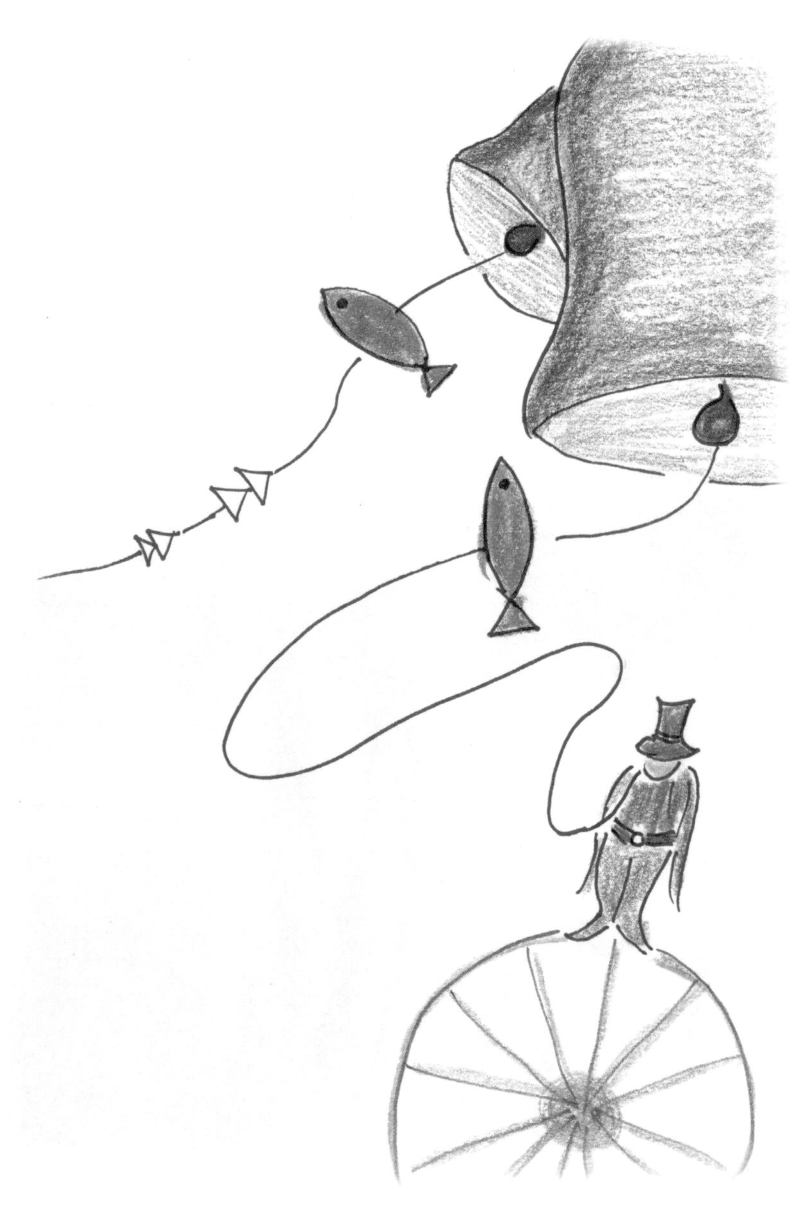

김재용 (문원초 3학년)

숟가락 비밀

나는 주인이 따로 없는 숟가락이야.
그래서 비밀을 많이 알지.
추석이나 설날
토란국, 떡국 맛을 잠깐 보고는
서랍 속으로 들어가 긴긴 잠을 자지만
할머니가 예쁘다고 뽀뽀를 쪽쪽 해대는
서울 손자한테 썩은 이가 몇 개나 되는지
어른들 앞에서는 무조건
착한 척하면서 내숭을 떠는
부산 손녀딸 목구멍 너머
두더지처럼 숨어 있는 욕도 보았고
누구 뱃속이 시커먼지 다 알거든.
명절 때마다 이 사람 저 사람
입속을 들락거리니까.

사육장 반달이

지리산으로 보내면 좋겠어요.
반달무늬 가슴을 큰북 삼아
우렁우렁~ 노래를 부르다가
산머루와 산딸기,
계곡 물고기 짭짭 먹다가
마음에 드는 짝을 만나
아기 곰
쑴풍쑴풍 낳고 살라고요.
지리산 자락을 콩콩 뛰어다니던
고것들이 자라서
또 반달을 낳았다는 소식
고것들이 또 낳고, 또 낳고
지리산 여기저기에 반달이
둥둥 떠다닌다는 소식을
백 년, 아니 천 년 뒤에도
사람들은 들을 거예요.

손전등

나는 무엇을 보든지
눈에다가 불을 켜고 봐요.

건성으로 보는 것이 하나도 없습니다.

유승율 (곡란초 3학년)

낮에 나온 반달

저런!
애기 궁둥이가 쏙 나왔네.

파랗게 얼었잖아.
감기 걸리면 어쩌려고.

바람이 구름 이불을
끙끙거리며 당깁니다.

정경현 (곡란초 6학년)

고양이를 찾습니다

학교 앞 나무마다
고양이 사진이 야옹, 야옹 붙어 있다.

> 고양이를 찾습니다!
>
> • 수컷에 이름은 브라이언이고요.
> • 종류는 페르시안이고요.
> • 털 색깔은 흰색과 회색 섞여 있고요.
> • 매우, 매우 사교성이 좋으며 매우, 매우 핸섬해요.
>
> 사진과 같은 고양이를 보신 분은 아래로 연락 주시면
> 고맙겠습니다.
> 전화 : 321-779-6900 – 줄리

고양이 말로 광고를 붙였으면
고양이 사이에 소문이 금방 날 텐데,
그래도 빨리 돌아오진 못할 거야.
저렇게 잘났는데
암고양이들이 금방 놔주겠어?

표지판

DEER CROSS(사슴이 건너다니는 길목)이니
운전을 조심하라는
표지판 앞에서 사슴이 또 죽었어요.

표지판을 읽은 건 사슴뿐이었나 봐요.

달리는 압력밥솥

저것은 밥솥이 아니라
아프리카 초원을 누비는
코뿔소 같아.

어쩌다
콧등을 살짝 건드렸는데
팍~!
콧김을 내뿜는다는데,
성질이
아주 고약하더라니까.

이채영 (곡란초 3학년)

똥 덩어리는 진짜로 고집이 세다

제4부

엄마 목소리

어떤 날 엄마 목소리는 말랑말랑
갓 구워낸 빵처럼 부드러워요.
“애고 내 새끼 사랑해”
달콤하고 고소한 냄새까지 솔솔 풍겨요.

어떤 날 엄마 목소리는
사온 지 닷새도 넘은 빵처럼 딱딱해요.
“이걸 점수라고 받아 온 거니?”
목구멍에 탁탁 걸려서 눈물이 찔끔 나와요.

어떤 날 엄마 목소리는
곰팡이 번지는 빵처럼 무심하기 짝이 없어요.
“귀찮게 왜 이러니”
언제 사왔는지 기억도 나지 않는.

김성은 (문원초 4학년)

준이와 혁이

아홉 살
준이 입술엔 본드가 발라진 것 같다.
Hi!, how are you?
정도는 한국서도 잘했는데
미국으로 온 지 몇 달인데도
Hi…… 하고는 입술이 쩍 들러붙는다.

여섯 살 혁이는 오히려 용감하다.
수영장서 만난 미국 애들이
말을 걸어오면, 빤히 보다가
"한국 말로 해봐."(물론 한국 말로)
당당하게 요구한다.
그러면 미국 애들 눈이
스텐 밥그릇만큼 커다래진다.

변비

아무리 끙끙거려도
꿈쩍도 않는
똥 덩어리는 진짜로 고집이 세다.

똥고집이라는 말을
이제야 이해한다.

도랑에 빠진 자전거

안장은 달아나고
손잡이엔 녹물이 붉은
자전거가 물속에 누워 있다.

일어나!
어서 가자니까!

도랑물이 손잡아 흔들지만
늙은 자전거는 꼼짝 못하고 있다.

한 몸처럼 붙어 다니던
소년은 어디로 갔누?

남생이는 모가지를
길게 뽑아서 두리번대고

도랑물은 할 수 없다는 듯이
끌끌끌
혀를 차면서 혼자서 간다.

주제건 (문원초 4학년)

수박

좀 비싸도 맛있는 걸로
사오지, 엄마가 그러니까
아빠는 그것도 주머닛돈
톡톡 털어서 사온 거라고 했다.
나는 맛대가리 없는
수박을 손가락으로 쿡쿡 찔렀고
누나는 이걸 어떻게 먹느냐고
인상을 썼다.
그러자 아빠가 쾅! 터졌다.
"다들 먹지 마!"
그거 한 방에 우리는 잠잠해졌다.

다이너마이트처럼 생긴 건
수박이었는데
겁나게 폭발한 것은 아빠였다.

조태민 (문원초 3학년)

진짜 짝꿍

혼자라서 맛없는 밥
할머니랑 같이 먹어주고
화투 패도 끄덕끄덕 같이 떼고
오지도 않는
아들을 기다리는 할머니 옆에서
오들오들
밤늦게까지 함께 떨었던

그림자는 '진짜 짝꿍' 이었다.
살아도 같이 살고
죽어도 같이 죽는.

입은

입은 세상에서
가장 커다란 요술항아리다.
퍼내도, 퍼내도
웃음이 마르지 않으니까.
퍼내도, 퍼내도
이야기가 마르지 않으니까.

그래서 욕을 하면
안 되는 거다.
퍼내도, 퍼내도 욕이
마르지 않으면 큰일이니까.
우락부락하게 생긴 욕이
아무 데서나 툭툭
튀어나오면 큰일이니까.

아빠새

추적추적
비까지 내리는 일요일인데
아빠가 일을 가셨다.

엄마랑 나란히 서서
배웅하다가
비를 맞으며 날아가는
딱따구리를 보았는데
벌레를 물고 있었다.

새가 날아간 쪽을
멍하니 보던 엄마가
아빠새구나, 하셨다.

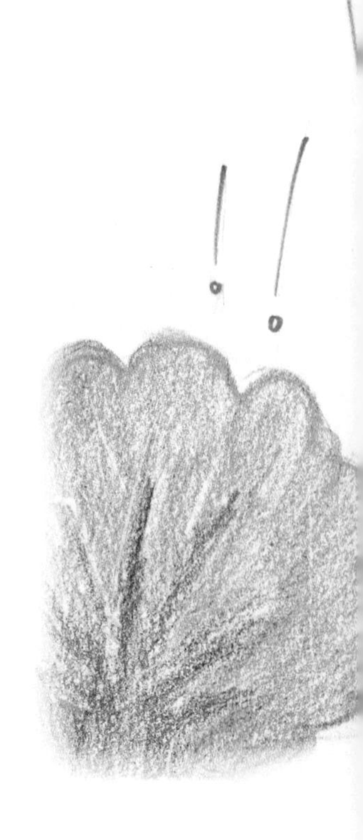

김민서 (곡란초 6학년)

붕어빵

외할머니 돌아가시고
엄마와 이모가 유품을 정리했다.

"이 옷 어때?"
이모가 할머니의 반코트를 입고 나왔다.
"어머머! 엄마랑 완전 붕어빵이다!"

할머니 모자를 쓴 채로
깔깔거리다,
슬그머니 눈시울이 붉어지던
엄마가 내 보기엔 더 붕어빵이었다.

이상민 (곡란초 3학년)

아빠의 딱지

"그날은 카메라를 왜 못 봤지?"
엄마가 탄 것을 깜빡하고
열 내다가
형사 같은 엄마한테 딱 걸렸다.
"이번엔 또 얼마짜리야!"
교통 위반을 하고 냈던
벌금 영수증은
감쪽같이 감추는 아빠지만,
소용이 없다.
딱지 뗐던 자리만 가면
어김없이 들통 나니까.

삼촌의 비밀

삼촌이 아픈 날이다.
뭉치를 데리고 공원엘 갔는데
낯선 개가
꼬리를 흔들며 막 달려왔다.
개를 부르며 뒤따라오던
예쁜 누나가 생긋 웃을 때
나는 삼촌의 비밀을 알아버렸다.
저녁만 먹으면 뭉치를 데리고
공원으로 내달리던 이유 말이다.

달걀도둑, 쥐 이야기

동생한테 책이 든 상자를 옮기자고 했더니
싫다고 했다.
할머니한테 들은 얘기가 이때 떠올랐다.

"너 쥐가 달걀을 어떻게 훔쳐 가는지 알아?"
"그거야 데굴데굴 굴려서 훔쳐 가겠지."
"그러면 깨지지."
"그럼 어떻게?"

나는 적당히 뜸을 들이다가 대답해줬다.
"한 마리가 달걀을 안고 발라당 눕는 거야."
"다음엔?"
"다른 쥐가 꼬리를 물고 끌고 가는 거지."
"히히, 쥐들이 똑똑하네."
"너는 느끼는 것이 없니? 쥐들도 그렇게 협동심이 좋은데, 너는 이까짓 거 하나 못 도와준단 말이야?"
"좋아!"

이때만 해도 나는 '됐구나!' 했다.

그런데 아니었다.

동생은 책이 든 박스를 끙끙거리며 안더니, 벌러덩 누워서 이러는 거였다.

"자! 이제부터 오빠가 내 다리 끌고 가!"

이윤지 (곡란초 2학년)

헬리콥터가 꼭 필요해

북극 빙하가 녹아서, 벌써
몇 개의 섬이 잠겼다는 뉴스를 보던 밤이었어.

물이 쳐들어오면 어떻게 하지? 장롱으로 숨어? 아니지 지붕? 아니지 전봇대…… 아니지 산꼭대기…… 거기까지 물이 쫓아오면? 여기서 딱 막혀버리는 거야. 그런데 마침 헬리콥터가 떠오르데.

트, 트, 트, 트, 트, 트…….
물한테 잡아먹히는 우리 집을 부들부들 떨면서 내려다보다가, 문득 깨달은 거야.

윤준석 (도장초 3학년)

동시 속 그림

김단아(곡란초 6학년)

김재민(태을초 3학년)

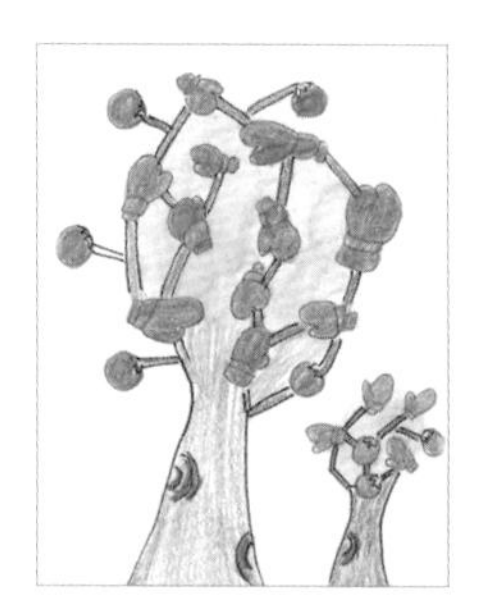

신우진(산본초 2학년)

김현우(문원초 3학년)

송서인(문원초 3학년)

서유진(문원초 4학년)

한혜원(과천초 6학년)

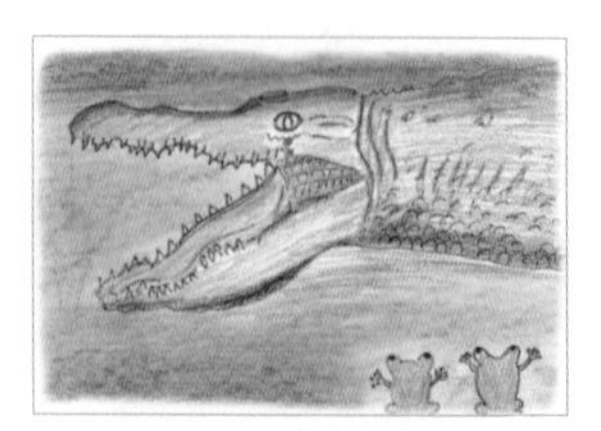

유재곤(과천초 5학년)

김다윤(문원초 4학년)

이나경(곡란초 4학년)

조민국(청계초 4학년)

정수현(곡란초 3학년)

동윤수(문원초 2학년)

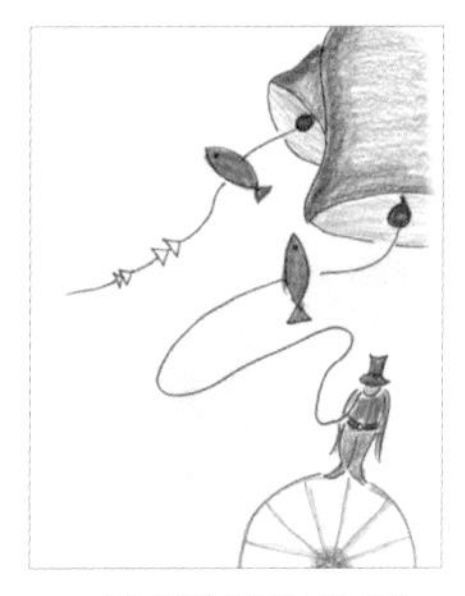

김재용(문원초 3학년)

유승율(곡란초 3학년)

윤태연(곡란초 3학년)

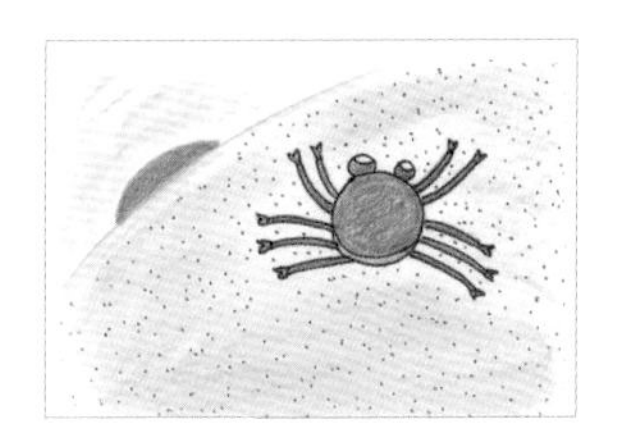

조규린(태을초 3학년)

현주윤(광정초 3학년)

정경현(곡란초 6학년)

이채영(곡란초 3학년)

김성은(문원초 4학년)

주제건(문원초 4학년)

조태민(문원초 3학년)

김민서(곡란초 6학년)

이상민(곡란초 3학년)

이윤지(곡란초 2학년)

윤준석(도장초 3학년)